Le divorce du tailleur

Ernest Doin

Édition et mise en page : Culturea (Hérault, 34)
Retrouvez notre catalogue sur http://culturea.fr/
Contact : infos@culturea.fr
Imprimé en Allemagne par Books on Demand Gmbh
Design typographique et layout : Derek Murphy et Reedsy
ISBN : 9791041991549
Date de parution : Mars 2024

PERSONNAGES

M. LEFÈVRE, vieux tailleur.
MAD. LEFÈVRE, sa femme. (Joué par un jeune homme.)
GUILLAUME, entrepreneur, leur neveu.
RÉMI, ouvrier de Guillaume.

Le théâtre représente une chambre, sur le devant de la scène une table, sur laquelle est un paquet dans un mouchoir, un journal. Au lever de la toile, madame Lefèvre coud ou tricote, au fond, est un havre-sac militaire, pour Rémi.

Scène 1re

MADAME LEFÈVRE, *seule*

Sept heures viennent de sonner à l'Église St. Eustache ! bon ! Tout est prêt ; voici le pantalon raccommodé et la veste du petit Guguste Coquelard, quand M. Lefèvre, mon mari, aura fait sa barbe, il ira porter ce paquet et se fera payer… Eh bien ! C'est comme ça qu'on fait ses affaires, on travaille, on gagne de l'argent, on ménage et on vit comme les autres, surtout quand la femme est maîtresse, car ne me parlez pas de ces femmes qui se laissent marcher sur le pied par leurs maris ?… Pouah !… Je n'en suis pas ; Nous portons le jupon, mais il faut montrer aussi que nous savons porter la culotte… J'ai accoutumé M. Lefèvre comme ça et ma foi, il n'en est pas plus à plaindre !… Ah ! voilà le journal de ce matin, voyons donc un peu ce qu'il nous chante ce matin ; car, ma parole, ces journalistes me font suer parfois avec leurs articles qui ne sont pour la plupart qu'un tas de menteries (elle lit). Heu ! heu ! heu !…« Faits divers. Un homme du faut-bourg saint Marceau a été condamné par le tribunal de la police correctionnelle à deux mois d'emprisonnement pour avoir battu sa femme… » Oh ! le monstre !… Oh ! le brigand. Deux mois ! … Deux mois !… C'est-y pas abominable !… Deux mois !… Mais c'était de le pendre, le gueusard, qu'il fallait faire. En v'là une justice !… Ah ! j'vous dis ben, qu'pour la trouver c'te justice là, il en faudrait une fameuse lanterne… *(elle lit)* : Heu !… Heu !… « Entreprise… » bouth ! Encore une blague pour embêter c'pauvre monde !… Ah ! mon Dieu !… Ah ! mon Dieu !… C'est-y Dieu possible !… Mais… non… Nais… oui… Mais… j'me trompe pas !

… Ah ben !… Ah ben !… *(elle lit.)* « La seconde lecture sur la loi du divorce a été faite et a été sanctionnée !… » Ah ! brigande !… Ah ! coquins d'ministres !… Tas d'paltoquets !… Ça s'irait-y ben vrai, qu'ils auraient c't'infamie d'passer une loi aussi barbare ! Criminelle ! Bête ! Stupide ! horrible comme celle-là ! Ah ! les malheureux !… Y z'en sont ben capables, car, dans le siècle où nous sommes y a pus d'moeurs !… Pus rien !… Ah ! ben, c'est pour le coup, qu'mon mauvais sujet d'Guillaume, mon neveu va être content, lui, maître entrepreneur qui aurait été si heureux avec sa femme ma pauvre nièce Thérèse… Mais le renégat, il passe ses nuits et ses jours au cabaret !… Ah ! Ciel de Dieu !… Quel siècle ! quel siècle ! Ah ! mais un instant… nous sommes là !… Écoutez, mes chères petites Dames, si vous voulez m'en croire, on se rendra à la chambre de ces paltoquets de ministres, on leur z'y dira : Vous êtes un tas de chenapans, remettez votre diable de loi dans votre poche et ne nous en parlez plus, ou, foi de femmes, nous allons vous faire danser une girandole dont vous vous rappellerez !… Oui, mes chères petites Dames, montrons leur que nous portons la culotte, et, foi d'Ursule Lefèvre, je me mets à votre tête et vous verrez… Mais j'entends marcher… Ah ! c'est le p'tit Rémi, l'ouvrier d'mon mauvais sujet de neveu.

Scène 2e

MAD. LEFÈVRE, RÉMI.

RÉMI

Bonjour, mame Lefèvre… ça va bien… merci, moi aussi… vous êtes ben honnête.

MAD. LEFÈVRE

Ah ! bonjour, mon p'tit Rémi, toujours le premier à la boutique… c'est bien… ça… mon garçon.

RÉMI

Ah ! Dame ! mame Lefèvre, j'suis content, quand d'varloppe quand j'vois voler les écopeaux, ça m'donne du cœur, parc'que je m'dis : j'gagne des écus… et ces écus-là… voyez-vous ?… ça servira pus tard.

MAD. LEFÈVRE

Oh ! tu es un garçon rangé, toi, mon p'tit Rémi, tu travailles toujours avec courage, on ne te voit pas fréquenter ni les cabarets ni les mauvais sujets ?

RÉMI

Oh ! pour ça mam'Lefèvre, c'est pas pour dire ; mais voyez-vous, moi, j'aime mieux mon travail que de manger ma paie avec les amis comme on dit ;… et puis, c'est pas ça mam'Lefèvre, quand on néglige son travail pour vider la bouteille, on s'fait mépriser, on perd les pratiques, témoin, sans vous offusquer, mon bourgeois, vot'neveu Guillaume ?

MAD. LEFÈVRE

Ça n'me fâche pas l'moins du monde mon p'tit Rémi, mon neveu est un mauvais sujet, un ivrogne qui… enfin… je gage qu'il n'est pas encore rentré ?

RÉMI

Ma foi, non, Mam'Lefèvre, vous avez mis l'nez dessus… hier, il a retiré une trentaine de francs d'une pratique, il en sortit de suite et il ne reviendra pas avant que tout soit mangé, soyez en sûre, Mam'Lefèvre.

MAD. LEFÈVRE

Ah ! le sacripant !… Et dire que j'ai été faible, assez folle d'y donner ma nièce Thérèse en mariage… mais dame on s'trompe souvent sur les apparences.

RÉMI

Pauvr'mame Thérèse, c'est dommage, une si bonne petite femme !… Ah !… *(il soupire bruyamment).*

MAD. LEFÈVRE

Trop bonne, mon p'tit Rémi, trop bonne, vois-tu, y va tout boire, tout gaspiller et il ne lui laissera que les deux yeux pour pleurer… Oh ! le monstre !

RÉMI

Oui, et puis qu'elle en a de si beaux des yeux !… Ah ! *(même soupir).*

MAD. LEFÈVRE

Mais comme tu soupires Rémi, on dirait qu't'as la cathédrale de

Strasbourg sur l'estomac ?

RÉMI

Dame, mam'Lefèvre, quand j'vois une si jolie p'tite femme si mal heureuse, qu'ça m'en rend tout triste voyez-vous ?

MAD. LEFÈVRE

Ce bon Rémi !… Tiens vois-tu ce journal ? Eh ben, il y a un mot, un scélérat d'mot et si ce mot, ma nièce Thérèse voulait… malgré qu'j'en veux à tous ces coquins d'ministres… eh ! ben, malgré ça, j'crois que j'dirais à Thérèse d'en profiter.

RÉMI *(allongeant la tête).*

Quéqu'c'est que c'mot là, mam'Lefèvre ?

MAD. LEFÈVRE *(lui mettant le journal sous le nez).*

Tiens, lis.

RÉMI

« Le divorce ! »

MAD. LEFÈVRE

Oui, oui, le divorce !… Loi infâme… mais qui rendrait libre ma pauvre Thérèse.

RÉMI

Ah ! Mam'Lefèvre, t'nez, faut que j'vous dise tout c'que j'ai sur l'cœur !… D'puis que j'vois la bourgeoise, mam'Thérèse si malheureuse avec son mari, que j'me suis mis à l'aimer d'tout mon cœur !… Et je m'disais souvent : Dieu ! Si j'avais une p'tite femme comme ça… l'la rendrais t'y heureuse !… Tous les jours, levé de bonne heure, j'varlopperais avec courage, j'y achèterais un tas d'colifichets de toilette, j'voudrais qu'elle éclipse toutes les autres, et…

MAD. LEFÈVRE

Ce bon Rémi !

RÉMI *(avec emphase).*

Et puis l'dimanche mam'Lefèvre, j'irais avec ma p'tite femme à la barrière, au salon d'flore, manger la fine gibelotte de lapin, avec une bonne bouteille de vin à seize, sans compter l'gros radis noir par-dessus l'marché !... Oh ! oui que j'la rendrais heureuse !... T'nez mam'Lefèvre vous savez qu'aux trois journées de 1830, je m'suis conduit en brave citoyen, qu'j'ai même reçu la croix d'juillet et la commission des récompenses nationales a pris mon nom ?... Eh ben, j'y suis pas même allé à c'te commission, j'ai tout laissé ça là, y a c'pendant du temps d'écoulé, mais bouth ! des récompenses, j'aime ben mieux rester auprès d'la bourgeoise au moins, quoiqu'y parle jamais, si j'la vois pleurer, j'cours à la boutique et j'y pleure aussi.

MAD. LEFÈVRE

C'est bien, ça ? mon p'tit Rémi, mais tu n'peux c'pendant pas épouser une femme mariée ?

RÉMI

Eh ben... ben non, Mam'Lefèvre, j'sais ben... Mais si le divorce prenait ?... Si le bourgeois venait à quitter sa femme ?... Enfin, mam'Lefèvre... on sait pas... mais si ça arrivait, hein ?... Dites donc ?... Oh ! j'vous en prie, mam'Lefèvre, parlez-y d'moi à mam'Thérèse !... J'vous l'dis, elle ne s'rait plus malheureuse !... Oh ! non, oh ! non !

MAD. LEFÈVRE

J'te crois bien, mon bon p'tit Rémi, tu peux croire que si c'te gueuse de loi vient à sortir, je penserai à toi, mais il vaudrait encore mieux que ce malheureux Guillaume reprenne une conduite régulière... Ah ! Dieu de Dieu, si M. Lefèvre m'en faisait la dixième partie seulement !

RÉMI

Ah ! Dame, pour celui-là, c'est ben la crème des hommes, que l'papa Lefèvre, toujours oui, jamais non, toujours content, toujours joyeux et docile. Ah faut voir !

MAD. LEFÈVRE

C'est que je l'ai habitué comme ça, aussi ça m'obéit, ça ne dépenserait pas un centime sans ma permission, mais dame aussi, j'sais lui donner ce qui peut lui faire plaisir, et on vit heureux.

RÉMI

Oui, oui, c'est un vrai ménage modèle que le vôtre mam'Lefèvre ?

MAD. LEFÈVRE

Mais j'entends M. Lefèvre, va travailler mon p'tit Rémi, et sois tranquille et bon sujet toujours.

RÉMI

Oui, mam'Lefèvre, au r'voir mam'Lefèvre, n'vous dérangez pas, j'vous remercie… y a pas d'offense.

(Il sort.)

Scène 3e

MAD. LEFÈVRE, LEFÈVRE.

LEFÈVRE

Bonjour ma respectable épouse, voulez-vous l'étrenne de ma barbe, bobonne ?

MAD. LEFÈVRE

Allons, allons, prenez et dépêchez-vous.

LEFÈVRE

Dieu ! que mon épouse est jolie, ce matin.

MAD. LEFÈVRE

Allons, c'est bon ; écoutez bien ce que je vais vous dire.

LEFÈVRE

Oui, madame Lefèvre, j'écoute.

MAD. LEFÈVRE

Voilà l'ouvrage que vous avez fini hier soir et que vous allez porter aux pratiques.

LEFÈVRE

Oui, Madame Lefèvre… Mais vraiment vous êtes superbe ce matin.

MAD. LEFÈVRE

Mon Dieu, M. Lefèvre que vous êtes turbulent pour votre âge.

LEFÈVRE

Eh ! Eh ! Madame Lefèvre c'est que je suis encore vert, allez…
(Il chante)
En 1702 mon cœur
Vous déclara son ardeur
Et nous sommes…

MAD. LEFÈVRE, *l'interrompant*

Mais, par Dieu, taisez-vous donc, M. Lefèvre, taisez-vous donc, vous m'agacez les nerfs… écoutez-moi, voyons, finissons en.

LEFÈVRE

Allons, allons, oui bobonne, ne vous fâchez pas, parlez.

MAD. LEFÈVRE

Eh bien, je disais donc que voici l'ouvrage fini… il y a la culotte du père Kemlin, pour raccommodage et un fonds… ça se monte à 36 sous.

LEFÈVRE

Trente-six sous… bon… allez mam'Lefèvre.

MAD. LEFÈVRE

Plus deux bouts de manches à la veste du p'tit Guguste Coquelard, 21 sous… pour le tout, 57 sous que vous me rapporterez.

LEFÈVRE

Oui, Madame Lefèvre, 57 sous… je n'y manquerai pas, je vous les rapporterai en entier et intacts.

MAD. LEFÈVRE

C'est bien comme ça que je l'entends, je voudrais bien voir qu'il en soit autrement.

LEFÈVRE

Ah ! soyez tranquille… Allons, Mam'Lefèvre donne-moi mon paquet.

MAD. LEFÈVRE

Ah ! à propos, si vous rencontrez ce mauvais sujet de Guillaume, je vous défends de lui parler, ne l'écoutez pas, il vous perdrait.

LEFÈVRE

Soyez tranquille, madame Lefèvre, je ne lui parlerai pas du tout.

MAD. LEFÈVRE

Ah ! c'est que vous êtes d'une pétulance quelque fois… je crains… mais non, je ne crains pas, car vous savez que je ne ris pas toujours ?

LEFÈVRE

Eh ! Eh ! bobonne, quand vous riez, ça m'donne de la vivacité !… ça m'rappelle les beaux jours, eh ! eh ! eh !

MAD. LEFÈVRE

Allons, allons c'est bon, babillard… tenez voici le paquet et décampez.

LEFÈVRE

Oui, madame Lefèvre, voulez-vous encore l'étrenne de ma barbe, bobonne ?

MAD. LEFÈVRE

Non, non, mais partez donc, M. Lefèvre, Dieu ! quelle patience ? … N'oublie pas… 57 sous… allons partez.

LEFÈVRE

Oui, oui, bobonne, je pars !… Dieu ! que mon épouse est jolie (il sort en répétant) 57, 57.

Scène 4e

MAD. LEFÈVRE, *seule.*

Et voilà comme on les élève !... Ah ! si toutes les femmes suivaient mon principe, on ne verrait pas tous ces gueusards d'hommes faire les Empereurs... on vivrait heureuses si nos maris seraient toujours à nos genoux !... Ah ! maintenant, il faut que j'aille voir ma pauvre nièce Thérèse, que je lui donne une bonne leçon afin qu'elle maîtrise un peu son mauvais sujet de mari *(en sortant)* oh ! les hommes ! les hommes ?

Scène 5e

GUILLAUME, *entre et se jette sur une chaise.*

Ouf ! Je suis brisé ! Quelle nuit ! Quelle orgie ! Quel jeu ! Ce Diable de Léonard m'a embêté avec son punch ! Son champagne, j'en ai encore la tête lourde !… Et encore m'avoir fait jouer ?… Et dire que j'ai perdu cent francs sur parole !… oh ben ! ma foi, il m'est encore dû de l'argent, nous paierons !… Je recommencerais bien une fête ce matin… mais plus le sou… plus rien, il faudrait encore faire demander de cet argent… Et puis je suis tellement fatigué que je ferais mieux de dormir un peu… Dormir !… Oui ça va être facile, avec ma p'tite femme Thérèse, je la vois d'avance avec ses pleurs, me faire un tas je jérémiades, des remontrances, des prières !… Mais tout ça, ça m'ennuie, ça m'embête ! Je veux être mon maître, je sais bien que ma respectable tante Ursule Lefèvre lui donne un tas de petits conseils ?… Elle voudrait que Thérèse me mènerait comme elle mène le papa Lefèvre, mon oncle ! *(il rit)* ah ! ah ! ah ! ah ! Le pauvre vieux, on peut dire que celui-là est un mari mouton !… Tiens ? Voilà le journal ? Je gage bien que ma tante à déjà vu le fameux article du divorce ? Et qu'elle va en conséquence faire un sermon à Thérèse à mon égard !… Eh bien, oui, le divorce ! Si on m'ennuie avec des pleurnicheries, j'envoie tout promener !… Et pourtant elle est jolie ma Thérèse !… Je la regardais l'autre soir, elle avait voulu prendre son petit air colère et ses yeux brillaient comme deux escarboucles !… Oui, oui, elle est jolie !… Mais ma foi ! Au diable ! Encore une fois je veux être le maître !… Pas de reproches ! Je m'amuserai, je boirai ! Je ferai la noce et si l'on est pas contents..

Eh bien, je suivrai la pente que d'autres suivront… je profiterai du divorce.

Scène 6e

RÉMI, GUILLAUME

RÉMI, *accourant.*

Quoi ?… Quoi ? C'est y ben vrai… ça ?… Vous voulez divorcer ?

GUILLAUME

Tiens !… Qu'est-ce qui t'prend donc, toi, Rémi, es-tu malade !

RÉMI

Non… bourgeois… mais je viens de vous entendre dire que vous vouliez…

GUILLAUME

Eh bien ? Quoi ?

RÉMI

Eh ben !… que… vous vouliez prendre le divorce… pour…

GUILLAUME

Eh bien, après ?… Qu'est-ce que ça t'fait à toi, Rémi ?

RÉMI, *balbutiant.*

Dame !… Bourgeois… Si c'était comme ça… moi… voyez-vous… j'vous dirais… que… enfin… si vous vouliez… divorcer… je…

GUILLAUME

Achève donc, je ne te comprends pas !

RÉMI

Eh ! ben !... Eh ben, je vous demanderais pour être le mari de la bourgeoise.

GUILLAUME

Tu voudrais que je te donne ma femme !... Ah ! Ah ! Ah ! ce cher Rémi ! Ma parole d'honneur, il est farceur !

RÉMI

Mais pas du tout, bourgeois, je ne farce pas... puisque vous voulez divorcer... moi, j'peux ben m'marier avec mam'Thérèse ?

GUILLAUME

Et qu'est-ce qui te dit que Thérèse voudrait de toi.

RÉMI

Ah ! Dame, bourgeois, elle verrait ben qu'y aurait d'la différence, c'est pas pour vous fâcher que j'vous dis ça, mais dame aussi, vous la rendez pas heureuse, vos dépenses, vos nuits au cabaret... oh ! elle verrait une fameuse différence, car je suis sobre, travaillant... enfin...

GUILLAUME

La paix ! M. Rémi, je n'aime pas les remontrances... et d'abord savez-vous si Thérèse accepterait le divorce ?

RÉMI

Oh ! pour ça, oui, bourgeois... faut pas vous fâcher ! Moi, j'vous dis ça avec mon gros bon sens... mais c'est pas pour vous offusquer, voyez-vous !... Tout à l'heure, j'entendais Mam'Thérèse qui pleurait dans sa chambre et Mam'Lefèvre est venue... Dame elle y en a tant dit sur vous, sur le divorce, que la pauvr'petite femme a dit : « Eh bien, oui, il n'y a que ce moyen-là et je veux l'employer… là-dessus, elles ont parlé bas. » Moi, j'ai r'descendu à la boutique… j'ai entendu votre dernier mot… et je m'suis déclaré.

GUILLAUME, *à part.*

Ce Rémi m'ouvre les yeux il faut que je voie Thérèse *(haut)*. Laissons cela, Rémi, si les choses ne changent pas et si je me décidais à prendre le divorce, eh bien, alors il sera temps d'en parler… Mais à propos Rémi, moi, à ta place, je profiterais des récompenses nationales, j'ai vu hier un des membres de la commission, et si tu voulais, tu pourrais occuper un grade dans l'armée en récompense de ta conduite aux trois journées de Juillet… et ça te ferait oublier les drôles d'idées qui germent dans ta tête.

RÉMI

Ah ! merci, bourgeois, ne d'mandez rien pour moi, j'préfère rester ici, je m'trouve heureux, oh ! oui, ben heureux… j'attendrai.

GUILLAUME, *à part.*

Attends ! attends ! mon garçon, mais moi je te ménage une surprise *(haut)*. C'est bien, Rémi, attends, à ton aise… mais qu'est-ce que j'entends là-bas ?

Scène 7e

RÉMI, LEFÈVRE, GUILLAUME.

LEFÈVRE, *traversant le théâtre*

57, 57.

GUILLAUME

Eh ! c'est mon bon oncle Lefèvre ?

LEFÈVRE

Ah ! c'est toi Guillaume, 57, 57 *(il marche).*

GUILLAUME, *l'arrêtant par le bras.*

Mais où allez-vous donc si vite, mon oncle ?

LEFÈVRE

Je m'en vas porter 57 sous à madame Lefèvre… bonjour, bonjour, mon neveu, 57, 57, *(il veut toujours marcher).*

GUILLAUME

Que diable ! attendez donc, vous avez le temps ?

LEFÈVRE

Non pas, non pas, 57, 57.

GUILLAUME

Venez donc causer un peu avec moi, mon oncle ?

LEFÈVRE

Non pas, non pas, ma femme m'a défendu de te fréquenter 57, 57.

GUILLAUME, *l'arrêtant toujours.*

Both !… Et pourquoi cela ?

LEFÈVRE

Elle a dit que tu me perdrais, 57, 57.

GUILLAUME, *riant.*

Ah ! ah ! ah ! je reconnais bien là, ma respectable tante… allons, allons, mon oncle je ne suis pas un monstre, que diable ?… Venez boire un verre de vin avec moi ?

LEFÈVRE

Un verre !… Ah bien, il ne manquerait plus qu'ça, ma femme m'en dirait de belles, 57, 57.

GUILLAUME

Tenez, mon oncle, je crois que vous laissez mener par le bout du nez.

LEFÈVRE

Moi, par le bout du nez !… Moi, Thomas Lefèvre, ah ! non, non, mon neveu… mais… tiens… adieu… 57, 57.

GUILLAUME

Mon oncle, vous êtes une poule mouillée.

LEFÈVRE

Une poule… oh ! non… Un coq je n'dis pas oh ! oh !

COUPLET

Sur quelque point par bont'd'âme
Si j'veux bien céder que'que fois
Pour faire plaisir à ma femme
Je fais semblant d'suivre ses lois
Et si parfois je fais ses droits
Si je suis toutes ses fantaisies
Si je flan'toutes ses manies
Si je veux combler tous ses voeux
Passé ça… j'fais c'que j'veux (bis)
Mais tu me r'tardes… adieu Guillaume, 57, 57.

GUILLAUME

Voyons, voyons, vieux, de l'énergie.

LEFÈVRE

J'en ai, j'en ai, mais… 57, 57.

GUILLAUME

Allons, mon oncle, laissez de côté vos diables de 57 et venez, avec votre neveu au coin… là… en face… nous allons boire un verre.

LEFÈVRE

Non… non… 57, 57.

GUILLAUME

Mon oncle, c'est moi qui paie !

LEFÈVRE, *se grattant l'oreille*

Diable ! diable !… 57, 57.
(COUPLET D'ENSEMBLE.)

GUILLAUME

Allons donc, soyez raisonnable
Eh ! mon oncle, soyez homme, enfin
Eh Corbleu ! on est pas coupable

Pour aller boire un verre de vin.

LEFÈVRE, *à Rémi*

Si contre moi ma femme s'allume
Tu diras que j'suis à côté
Et qu'une fois n'est pas coutume
Que j'men vas boire à sa santé.

ENSEMBLE

Oui mon n'veu, je suis raisonnable
Oui mon n'veu je suis homme enfin
Et corbleu on est pas coupable
Pour aller boire un verre de vin.
(Ils sortent.)

Scène 8e

RÉMI, *seul.*

Bon ! les v'là partis bras d'sus, bras d'sous ! Ah ben j'plains les 57 sous du père Lefèvre, j'crois que l'bourgeois va les faire joliment danser… mais, c'est au retour qu'ça va chauffer, j'vois d'avance mam'Lefèvre, ça va en faire un galimatias !… Ma foi tant pis pour le bonhomme ! Ah ! c'est pas là qu'est ma grande inquiétude, c'est c'que m'a dit l'bourgeois ! Ah ! si j'avais la bonne chance qu'y divorce, c'pendant je l'crois… Tout m'le dit, parce que… enfin… y a tant d'chose contre le bourgeois, qu'mame Thérèse, dira oui tout d'suite et aussi d'après c'que j'ai pu comprendre mam'Lefèvre f'ra tout pour la faire consentir à divorcer !… Oui, oui, j'réussirai… j'en suis sûr… ce soir tout s'ra décidé… j'vas quitter la boutique de bonne heure, j'vas m'habiller en dimanche, j'fais d'suite ma d'mande, j'suis accepté oh ! alors je m'trouve l'plus heureux des mortels et j'travaille comme quatre !… allons… Mais… v'là mam'Lefèvre… oh ! quels yeux !… y a du louche là-dedans.

Scène 9e

MAD. LEFÈVRE, RÉMI.

MAD. LEFÈVRE

Dis donc, mon p'tit Rémi, tu n'as pas vu M. Lefèvre ?

RÉMI

Oui, mam'Lefèvre, que je l'ai même ben vu.

MAD. LEFÈVRE

Comme tu m'dis ça Rémi, d'un air tout drôle, voyons, tu l'as vu ?

RÉMI

Mais oui, Mam'Lefèvre, que je l'ai vu ici, et puis après ça que j'l'ai pus vu, parc'qu'il est sorti.

MAD. LEFÈVRE

Sorti !... Mais Rémi, tu ne vois donc pas que j'suis sur les chardons... je n'y tiens plus... parle, parle donc, où est-il mon Lefèvre.

RÉMI

Eh ben ! il est venu jusqu'ici... il parlait de ses 57 sous et puis M. Guillaume se trouvait là et...

MAD. LEFÈVRE *(le prenant par le bras).*

Tu dis… Guillaume… J'ai peur… parle vite, Rémi, après, après.

RÉMI, *se frottant le bras.*

Diable comme vous serrez fort !… Eh bien, après l'bourgeois y a parlé, M. Lefèvre y a répondu… enfin l'bourgeois l'a invité à boire un verre de vin, M. L'fèvre s'est défendu un p'tit peu… Mais vous connaissez l'bourgeois, j'crois qu'y pourrait débaucher un ange, il l'a si ben emberlificoté que l'bonhomme est tombé dans l'panneau et y sont partis tous les deux.

MAD. LEFÈVRE

Ah ! le malheureux ! ah ! le vieux scélérat ! Après tout ce que je lui avais dit, tout ce que je lui avais recommandée me jouer un tour pareil !… Dire, mon p'tit Rémi qu'y m'avait juré ses grands Dieux qu'il n'écouterait pas Guillaume et me tromper ainsi !… Ah ! vieux grigou, j'as t'en chanter un gamme !… Mais où peut-il être ? Quand va-t-il revenir ? Mon Dieu. Ce mauvais garnement de Guillaume va me le perdre ! Oh ! il est perdu !… mon pauvre Lefèvre, lui qu'était si docile à mes avis, c'était doux comme un mouton, y n'aurait pas été prendre sa demi tasse sans ma permission et encore sur les cinq morceaux de sucre qu'on lui servait, il m'en gardait toujours trois dans la poche de son gilet !… Ah le brigand de Guillaume, c'est un monstre, il ne mérite pas la corde pour le pendre ! Mais, voyons donc, Rémi, tu es là à me regarder les bras croisés, la bouche ouverte… mais va donc, Rémi, va donc, va me chercher mon mari, mon pauvre Lefèvre, ou bien, il est perdu ! Rémi, mon p'tit Rémi, va, marche, cours, trouve-le, ramène-le-moi…

RÉMI, *regardant.*

Eh ! t'nez Mam'Lefèvre r'gardez, je m'trompe pas, c'est lui qu'j'entend.

(On entend dans la coulisse, chanter le père Lefèvre)

Vive le vin ! Vive ce jus divin…

MAD. LEFÈVRE, *regardant.*

Oui, oui, c'est lui !… Dieu ! dans que état il est, il ne tient plus sur les jambes !… attends ! attends ! va ! à nous deux ! nous allons voir !

RÉMI ,*à part.*

Diable ! le baromètre annonce de l'orage, je m'sauve.

(Il sort en courant.)

Scène 10e

LEFÈVRE, MAD. LEFÈVRE.

LEFÈVRE, *chante.*

Vive le vin ! Vive ce jus divin ?
Qui régie ma vie...
Tiens ! voilà ma respectable épouse eh ! eh ! eh ! eh !

MAD. LEFÈVRE

Reculez-vous, vous sentez le vin à pleine bouche.

LEFÈVRE

Je sens le vin ! eh ! eh ! eh ! C'est que j'y ai goûté, une fois n'est pas coutume ! eh ! eh ! eh ! eh !

MAD. LEFÈVRE

Comment vous n'avez pas honte ? Vous ne rougissez pas de venir devant moi dans un pareil état ?

LEFÈVRE

Rougir !... hé ! hé ! Le vin m'a fait rougir, lui hé ! hé ! hé ! Une fois n'est pas coutume à bas les monopoles !... Voulez-vous m'embrasser, madame Lefèvre ?

MAD. LEFÈVRE

Fi !... retirez-vous !... Vous êtes un vieux sans cœur !

LEFÈVRE

Madame Lefèvre !… Il ne faut pas m'insulter !

MAD. LEFÈVRE

Qu'avez vous fait des 57 sous, l'argent du voisin ?

LEFÈVRE

Les 57 sous ?… L'argent du voisin ?… Il est bu l'argent du voisin… hé ! hé ! hé ! Une fois n'est pas coutume !

MAD. LEFÈVRE

Vieux Grigou ! Vieux Chouan !

LEFÈVRE

Madame Lefèvre !… assez !

MAD. LEFÈVRE

Un vieux sac à vin !… Un vieux renégat !

LEFÈVRE, *criant.*

Madame Lefèvre !

MAD. LEFÈVRE

Un vieux républicain !… Un vieux sans-culotte !

LEFÈVRE

Sans… Sans culotte !… Ah ! madame Lefèvre ce que vous dites là est très indécent devant l'honorable société qui nous écoute.

MAD. LEFÈVRE

Un crocodile !… un vieux…

LEFÈVRE, *avec emphase.*

Madame Lefèvre !… Je repousse vos épichettes !… je les méprise vos épichettes !… À bas les monopoles !

MAD. LEFÈVRE

Je vous dis que vous êtes un vieux fou !… Un vieux de rien !… Un mange-tout !… un… un… un…

LEFÈVRE, *en colère*

Madame Lefèvre !… Vous êtes une vieille sorcière et une vieille bavarde !

MAD. LEFÈVRE, *courant sur lui*

Misérable !… j'vas t'arracher les yeux.

LEFÈVRE, *prenant le balai*

Arrière ! épouse criminelle !

MAD. LEFÈVRE

Ah ! malheureux ! Tu oses lever la main sur moi ?

LEFÈVRE, *jetant son balai.*

La main !… jamais ! le balai je n'dis pas… Une fois n'est pas coutume !… d'ailleurs il y a une manière d'arranger les épinards !

MAD. LEFÈVRE

Et laquelle ?… Monstre !

LEFÈVRE

C'est de divorce comme Guillaume et sa femme vont le faire, le divorce étant dans les lois du royaume, je profite des lois du royaume !… À bas les monopoles !

MAD. LEFÈVRE

Ah ! voilà où tu voulais en venir, hein ? Tu iras trouver une femme comme moi pour t'apprêter ton café tous les matins.

LEFÈVRE

Tu le mangeras toute seule ton vieux café à la chicorée ! Moi je garde mon énergie d'homme libre !

MAD. LEFÈVRE

Ah ! le monstre !… Si c'est pas indigne !

LEFÈVRE

Madame Lefèvre ! Allez me préparer mon paquet !… Une fois n'est pas coutume !… Eh ! eh ! eh ! Vive le vin ! Vive ce jus divin…

MAD. LEFÈVRE

Quel scandale !… Quelle conduite !… Ah ! les coquins d'hommes ! les coquins d'hommes !…

(Elle sort.)

Scène 11e

LEFÈVRE, *seul*

Et voilà comment on s'arrange quand on a d'ça dans la poitrine ! … Ah ! je m'laisse mener comme une poule mouillée !… Par le bout du nez !… Non !… non !… j'ai d'l'énergie et mon neveu Guillaume va être content de moi… lui qui m'disait que j'allais me mettre aux genoux de Madame Lefèvre ! Aux genoux !… Non, non… C'est trop mesquin ! Trop abject !… J'suis un homme morbleu !… Corbleu !… Capédiaious ! J'veux être mon maître !… libre !… indépendant !… Vive le divorce !… À bas les monopoles !… Une fois n'est pas coutume !

Scène 12e

LEFÈVRE, GUILLAUME.

GUILLAUME

Comment ? mon oncle ? Qu'est-ce qu'on vient de me dire ? quoi ? serait-ce vrai ? Vous voulez divorcer ?

LEFÈVRE

Ça t'étonne, ça mon p'tit ?

GUILLAUME

Mais voyons, mon oncle, vous n'y pensez pas ?

LEFÈVRE

À cause donc, mon n'veu que j'n'y pense pas ?

GUILLAUME

Parce que vous n'avez pas le cœur de quitter ma pauvre tante qui vient d'entrer chez nous, elle pleure elle se désole.

LEFÈVRE

Ah ! ça dis donc, mon n'veu, sais tu que tu es un tant soit peu girouette… Ce matin tu m'parlais bleu et ce soir tu m'réponds tout rouge ?… Tu me prêchais le divorce comme une chose des plus aimables et utile pour la société et à présent tu changes de culotte ?

GUILLAUME, *à part*

Diable de vieux ! C'est qu'il y tient ?... Et c'est moi qui suis cause de cela *(haut).* Voyons, mon oncle, j'ai eu tort, le plus grand tort de vous parler ainsi, je m'en repens bien sincèrement et pour vous le prouver, je dois vous dire que je viens de faire la paix avec Thérèse ma femme, je lui ai demandé pardon de tous mes torts, elle m'a pardonné en pleurant de joie et, à dater de ce jour, je dis adieu à tous ces faux plaisirs, je me remets à l'ouvrage, je veux vivre heureux auprès de ma femme !... Voyons, mon oncle, revenez de votre erreur ; imitez-moi, allez retrouver votre femme, ma pauvre tante et nous serons tous heureux.

LEFÈVRE

C'est beau ça !... C'est sensible !... Si j'avais le temps je pleurerais !... Moi !... retourner auprès de ma femme !... Mais non ! ... Mais non !... mon neveu, j'ai trop d'énergie !... Tu ne sais donc pas que Madame Lefèvre injectait avec moi un air de supériorité qui ne m'allait pas du tout ? Mais, pas du tout ? du tout ?... Je ne veux plus vivre ainsi, c'est trop abject !... Le divorce étant dans les lois du royaume, je profite des lois du royaume !... À bas les monopoles !... Une fois n'est pas coutume !

COUPLET

Jusqu'à ce jour je fus trop bête !
Je suis las du conjugo
Chez moi, ce n'était qu'un casse tête
Et je n'étais qu'un zéro.
Rester avec ma femme
Non, non, ça n'se peut plus
J'aimerai mieux sur mon âme
Le Choléra Morbus !

GUILLAUME, *à part*

A-t-on vu un vieil entêté semblable ? *(Haut.)* Mais, mon oncle, divorcer après quarante-cinq ans de mariage ? y pensez-vous ?

Qu'allez-vous faire ?

LEFÈVRE

Ce que je vas faire ?… Je ne suis pas en peine, j'ai des bras et des jambes, j'irai poser des fonds de culottes dans les cours étrangères.

GUILLAUME

Mais, mon oncle, réfléchissez…

LEFÈVRE

Hein ?… Réfléchir ?… Tout est réfléchi !… Non ! Non !… Une fois n'est pas couture, adieu mon n'veu… J'm'en vas chercher mon paquet.

(Il sort.)

Scène 13e

GUILLAUME, *seul*

Diable ! C'est que le bonhomme est capable de partir… Mais où diable peut-il aller ?… oh ! oui, c'est ma faute, mais qui aurait jamais pensé que le père Lefèvre irait se fourrer dans la tête de divorcer, de quitter sa femme… Ah ! bath ! bath ! C'est une folie et je ne le souffrirai pas, allons, il faut arranger ça !… Ah ! j'ai une autre chose, c'est mon ouvrier Rémi, il s'est tellement mis dans la tête que je voulais divorcer, qu'il en a parlé à plusieurs de ses amis et qu'il a la ferme intention de venir ce soir faire sa demande à Thérèse *(il rit)*. Ah ! ah ! ah ! Oui, mais j'ai prévenu tout cela, un voyage lui fera du bien, le pauvre Rémi, ne s'attend pas au tour que je lui ai joué à la commission des récompenses nationales ! Mais quel est ce bruit ?… c'est comme une batterie de cuisine en révolte !… Mais Dieu me pardonne, je ne me trompe pas… oui… oui… c'est mon oncle !… Ah bien, ma parole d'honneur, c'est impayable !

Scène 14e

GUILLAUME, MAD. LEFÈVRE, LEFÈVRE.
(Il est chargé de batterie de cuisine, parapluie, carton, panier, sac, etc.)

LEFÈVRE, *à la cantonade*
N… i… Ni… C'est fini !… Une fois n'est pas coutume !

MAD. LEFÈVRE, *en pleurs*
Lefèvre !… Mon Lefèvre !…

LEFÈVRE
Je ne le suis plus vot'Lefèvre ?… Épouse irascible !…

MAD. LEFÈVRE
Lefèvre !… Où vas tu mon Lefèvre ?

LEFÈVRE
Où je vas ?… je vas errer dans des lieux arides !…

MAD. LEFÈVRE, *tombant sur une chaise*
Arides !… Ah ! j'en mourrai !

GUILLAUME
Mon oncle !… Mon oncle ! Elle se trouve mal !

LEFÈVRE

Hein !… Elle se trouve mal ?… *(il jette tout par terre)*. Ursule !… Ursule !… mon épouse !… ma femme ! mon épouse légitime ! Ma psiché ! Ma Diane, ma flou ! fontaine d'amour ! Reviens à toi !… Vite… Vite… Guillaume, de l'eau !… de l'eau d'floride !… du vinaigre des quatre voleurs… de l'huile… de… de… tout !… tout ! … vite… vite !… Ursule !… Bobonne !… Je suis à tes pieds !… bobonne ! Écoute la voix de la nature qui parle !… Guillaume ! Guillaume !… elle ouvre l'œil !…

(Il est à genoux.)

COUPLET

Excuse-moi ma bonne amie
Ah ! pardonne un moment d'erreur
Je veux durant toute ma vie (bis)
Te faire oublier ma rigueur (bis).

MAD. LEFÈVRE, *se levant doucement, reprend la suite*

Ah ! vraiment je suis trop sensible ! Relevez-vous…

LEFÈVRE, *se levant et avec joie*

Oh ciel est-il possible
Elle pardonne (bis) oh ! ciel est-il possible ?

MAD. LEFÈVRE, *après un silence et le regardant*

Mon Thomas !…

LEFÈVRE, *se jetant dans ses bras*

Ma p'tite Ursule !

ENSEMBLE, *après un silence*

Plus de divorce nos chagrins sont finis (bis)
Pour être heureux restons unis (bis).

Scène 15e

M.. LEFÈVRE, MAD. LEFÈVRE. RÉMI, GUILLAUME.

RÉMI, *habillé en dimanche, bouquets à la main*

J'accours... *(il reste stupéfait.)* Que vois-je... Pardon... Bourgeois... Monsieur... Madame... Mais... Je venais...

GUILLAUME

Je sais ce que tu voulais, mon cher Rémi, tu venais demander Thérèse en mariage... *(il lui donne un papier)* Tiens ! lis ! ma réponse est dans ce billet.

RÉMI, p*rend le billet et est interdit*

Que peut contenir ce billet !... *(il lit)* : « Monsieur d'après l'avis de la commission des récompenses nationales vous êtes nommé sergent au vingt-quatrième régiment d'infanterie de ligne et vous êtes tenu de vous rendre d'ici à trois jours sous les drapeaux de l'armée. »

(Il reste comme interdit, et tout à coup, il va prendre le havre-sac et s'avance en chantant)

Ah ! je devine ce qu'il me reste à faire
Adieu Madame, adieu donc mes amis
Je vais chercher un destin plus prospère
Pensez quéquefois au pauvre militaire.
(Après une légère pause et en sortant doucement)
Plus de divorce vos chagrins sont finis
Pour être heureux restez unis *(il sort).*

ENSEMBLE
Plus de divorce nos chagrins sont finis
Pour être heureux restons unis !
E. D.